Tema: Artículos útiles   **Subtema:** Utensilios

Notas para padres y maestros:

¡Es muy emocionante que un niño comience a leer! Crear un ambiente positivo y seguro para practicar la lectura es importante para animar a los niños a cultivar el amor por ella.

RECUERDE: ¡LOS ELOGIOS SON GRANDES MOTIVADORES!

Ejemplos de elogios para lectores principiantes:
- ¡Tu dedo coincidió con cada palabra que leíste!
- Me gusta cómo te ayudaste de la imagen para descifrar el significado de esa palabra.
- Me encanta pasar tiempo contigo y escucharte leer.

¡Ayudas para el lector!

Estos son algunos recordatorios para antes de leer el texto:

- Señala con cuidado cada palabra que leas para que coincida con las palabras impresas.
- Mira las imágenes del libro antes de leerlo para que notes los detalles en las ilustraciones. Usa las pistas que te dan las imágenes para entender las palabras de la historia.
- Prepara tu boca para decir el sonido de la primera letra de cada palabra y ayudarte a entender las palabras de la historia.

Palabras que debes conocer antes de empezar

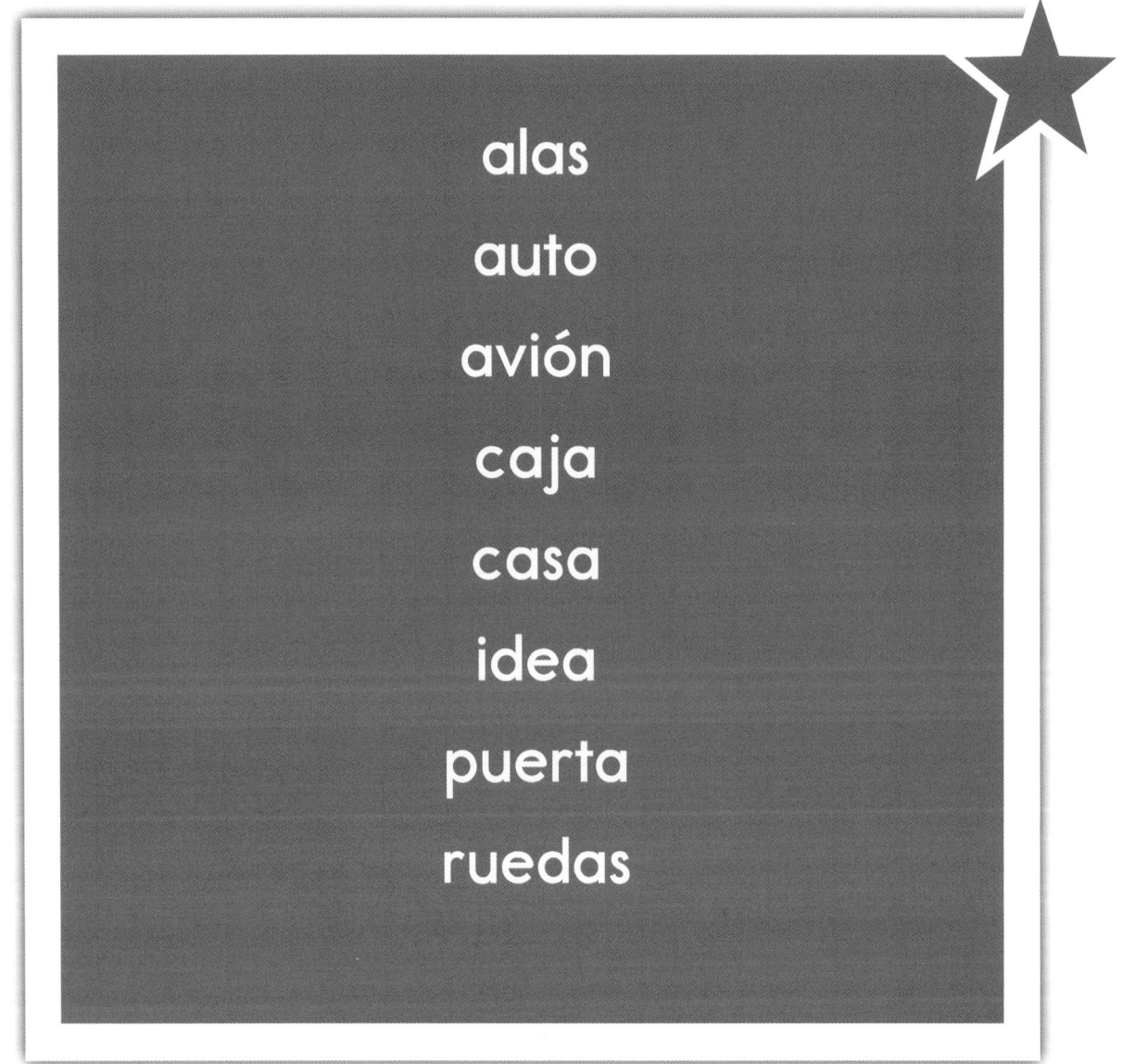

alas

auto

avión

caja

casa

idea

puerta

ruedas

Tenemos una caja.

¿Qué podemos hacer?

¡Tengo una idea!

¡Pongámosle ruedas!

¡Guau, mira eso!

Es un auto.

Tenemos una caja.

¿Qué podemos hacer?

¡Tengo una idea!

¡Pongámosle una puerta!

¡Guau, mira eso!

Es una casa.

DIN DON

Tenemos una caja.

¿Qué podemos hacer?

¡Tengo una idea!

¡Pongámosle alas!

Es un avión.

Ayudas para el lector

Sé...

1. ¿Qué tienen las niñas?

2. ¿Qué ponen las niñas primero en la caja?

3. ¿Cómo se ve la caja con las ruedas?

Pienso...

1. ¿Alguna vez has hecho tu propio juguete?

2. ¿Qué necesitaste para hacer tu juguete?

3. ¿Qué harías si tuvieras una caja?

Ayudas para el lector

¿Qué pasó en este libro?
Mira cada imagen y di qué estaba pasando.

Sobre la autora

Carolyn Kisloski ha sido maestra toda su vida y actualmente enseña en el kínder de la escuela primaria Apalachin, en Apalachin, NY. Está casada y tiene tres hijos. Le gusta pasar tiempo en la playa y en el lago, jugar y estar con su familia. Carolyn vive actualmente en Endicott, NY.

Sobre la ilustradora

Isabella Grott nació en 1985 en Rovereto, una pequeña ciudad en el norte de Italia. Cuando era niña le encantaba dibujar, así como jugar afuera con Perla, su bella pastora alemana. Estudió en la Academia Nemo de Artes Digitales en la ciudad de Florencia, donde vive actualmente con su gata, Miss Marple. Isabella también tiene otras pasiones: viajar, ver películas y ¡leer mucho!

Library of Congress PCN Data

Tenemos una caja / Carolyn Kisloski
ISBN 978-1-64156-374-1 (hard cover - spanish)
ISBN 978-1-64156-062-7 (soft cover - spanish)
ISBN 978-1-64156-135-8 (e-Book - spanish)
ISBN 978-1-68342-708-7 (hard cover)(alk. paper)
ISBN 978-1-68342-760-5 (soft cover)
ISBN 978-1-68342-812-1 (e-Book)
Library of Congress Control Number: 2017935354

Rourke Educational Media
Printed in the United States of America,
North Mankato, Minnesota
01-3082211937

© 2018 Rourke Educational Media

All rights reserved. No part of this book may be reproduced or utilized in any form or by any means, electronic or mechanical including photocopying, recording, or by any information storage and retrieval system without permission in writing from the publisher.

www.rourkeeducationalmedia.com

Editado por: Debra Ankiel
Dirección de arte y plantilla por: Rhea Magaro-Wallace
Ilustraciones de tapa e interiores por: Isabella Grott
Traducción: Santiago Ochoa
Edición en español: Base Tres